雲のすごろく

伊沢玲歌集

雲のすごろく＊目次

クロールの魚　9
檜扇　11
一人きり　14
かんな　16
方位磁石　18
ひなあられ　20
ナックルボール　22
はつごよみ　25
連続前進正面打ち　28
寒卵　31
しらはえ　34
歯ブラシ　37
はるじをん　40

白パンの笑み　44
カラビナください　46
青のエール　49
冬の天穹　54
濁流　57
コロナ　61
あきのきりんさう　63
木の橋　67
予定表　70
ケトル　73
七目ごはん　76
たんぽぽかあさん　79
ランチ仲間　83

日照り雨　85
紅はるか　87
ウエストン　91
羽根飾り　94
翡翠の餃子　97
なでしこジャパン　99
八重垣　102
モネ展　104
秘密保護法　107
つばくろ　110
九条の木蔭　113
回転木馬　116
フィギュアヘッド　119

川土手　123
胴吹きわかば　126
フレスコ　131
せいたかあわだちさう　134
ハンカチ落ちる　136
えんぺら　139
翁飴　143
さくらちりちる　147
白几帳面　150
あらしまかぜ　153
ひやむぎ　156
滝　159
あすの献立　162

湯葉　167
こたつ　171
春のあけぼの　176
しろつめくさ　179
韓藍の空　182
太陽光　185
ダイオウイカ　189
胡麻　192
雲のすごろく　196
あとがき　200

装幀　日本ハイコム装幀室

雲のすごろく

クロールの魚

飲みさしのペットボトルを陽にかざすありとあるもの美《は》しきはつなつ

ハードルを跳ぶ子倒す子七月の軍馬のごとき風に真向かふ

こんな日は亀も甲羅を取りたかろ青芝草に寝ころびたかろ

かつてわが産みたる魚はうつくしくクロール泳ぐ男の子となりぬ

本だなの奥におもひで潜ませて罅あきらかな琉球硝子

檜扇

北窓にベランダ欲しき冬隣「りんご箱やーい」「みかん箱やーい」

金色《こんじき》のジンベエザメがついてくる　塾にゆく子を送る夕暮れ

一日をたつぷり使ひ動かざる石が動かす石の影法師

木枯らしを駆けカタカナの子らの脚こたつに入りひらがなとなる

胡麻のびん黄粉のびんなどはらからのごとく賑はふ父母の食卓

今しがた降りたる雪にスタンプを押すごとすすむ小さき長靴

四十五歳、四十六、七、八、九と檜扇ひらくやうに生きたし

一人きり

菜の花にとまらんとして紋白の翅合はすとき雲がととのふ

ぶらんこを漕ぐも降りるも一人きり　きりこきりことただ一人きり

藤色の折りたたみ傘ひろぐれば花房ほどのめぐり明るむ

漆黒のシンガーミシン踏む母の背くらかりし昭和の雨夜

青嵐生まるる地点ゼッケンの少年たちが走り出したり

かんな

つばめにも飛ぶ気の湧かぬ日のありて大工道具の箱に隠れぬ

飛び方を忘れしつばめ木の枠に羽をたたみて鉋となりぬ

つばめなりし鉋は青きかぜを恋ひ風よりうすき鉋屑生む

言ひ過ぎて傷つけるより言ひ足りぬくらゐでやめん雨の睡蓮

さみどりの枝豆ふたつぷりぷりつと飛ばしてわれはからつぽの母

方位磁石

たまゆらの居眠りの間に竈の火盗まれしごと秋冷いたる

十月の風が夜空をみがく日々公孫樹は幹に黄金《きん》を蓄ふ

焼きたてのクロワッサンを四つ買ひ他のパン眺むおつり待つ間も

厚切りのハムを焙りて子に与ふ母ライオンの充実に満ち

生き方にふと迷ふとき二人子が方位磁石のごとく輝く

ひなあられ

和毛深き耳を澄ませばきさらぎはひと日ひと日をひかりが響く

うつかりと咲いてしまひしいぬふぐり北風の中まばたきしをり

セーターの毛玉のごとし母われのあれやこれやの心配御無用

ひざに抱く子とそつくりの福耳のたをやかな人バスにまどろむ

雛あられながめてをれば遠き日の母の言葉と母の無言と

ナックルボール

春の空を小さきひかうき渡りをり小さき青虫すすむ速さに

青空に所番地があるのならあそこは大字春一の一

早起きの目覚ましよりも早く起き二点リードで今日を始める

何気ない言葉なりしが今になりナックルボールのごとしと判る

風を切りたかぞらを行くかりがねの体感温度おもひみ難し

高空をゆくかりがねの羽毛なき嘴の先なる冷たさを恋ふ

わたしよりわたしの影の方がややせつかちになる冬の入り口

すれちがふ一人ひとりの目の奥にランプの灯る霜月の夜

はつごよみ

初暦はらりとめくり思ひみる三百六十五日の旅を

生きることが旅であるなら御駕籠にも馬にも乗らず徒《かち》にて参る

春キャベツ刻む厨に喜びのしゅくしゅくしゅくと訪れ来たり

サーロインステーキ焼けりワーグナーの青き炎を全開にして

むらさきの噎出さうな出なさうな暮春の駅に人を待ちをり

「持ってけ」と言はんばかりに置かれある朝掘り筍「よっしゃ!」と買へり

カルキ臭鋭く立たせ戻りたる子がほほゑめば犬歯真白し

連続前進正面打ち

朝早き体育館の天井に水路の照りの揺らぎ映れり

先生の金錆いろのこゑ響く「連続前進正面打ち」と

樅の木のうれほど高き先生の面をめがけて竹刀振りをり

銀鱗を煌めかすがに静と動くりかへしつつ剣士相寄る

紺袴大きく捌き踏み込めば臼歯のごとき踝が見ゆ

蒼き風立ちて一足一刀の間あひ即座に消滅したり

喉仏いまだ見えざる首伸ばし少年たちは汗を拭へり

寒卯

のど飴の包みをひとつ放り込み今年さいごの可燃ごみ出す

夫《をつと》より娘の帰宅遅くなり夜を耿々と照らしたくをり

寒卵かつんと割りて胸痛しきのふ娘を叱り過ぎたり

さみしくて寒くてひとは足を組む組みても寒くさみしきものを

陽の射せばくづほれさうな霜柱こころに立てて子は登校す

髪の上にほどなく消ゆる雪片のはかなき思慕を子は覚えしか

ガスの火に見惚れて鍋を置かぬ間を束の間といふ　恋は束の間

しらはえ

買ひ替へて百日経たぬ子の靴がまたきつくなる　篁に風

松の芯太くなりゆく六月を子は走り込む朝な夕なに

食べて寝て走つて食べて寝て走る子のふくらはぎ引き締まりゆく

唐揚げの山ガサと消え古伊万里の大皿の海しづかに青し

定期試験終へたる子らに白南風のほしいままなる空中廊下

透きとほる澪を引きつつあきつ飛ぶ空に無数の埠頭あるらん

このところあまり笑はぬ上の子のTシャツたたむ手熨斗《てのし》を当てて

歯ブラシ

レフェリーは不在、証拠も不十分　夫婦喧嘩はいつもうやむや

口を利かぬ夫の歯ブラシ神妙にわれの歯ブラシに頭下げをり

夫とわれに話さなくともわかること増えしと思ふ減りしとも思ふ

寒風に揺れる熟柿《うみがき》あかあかと核廃棄物かかへる地球

甘栗のがらりがらりと熱せられプルサーマルを続ける地球

子を叱りすつからかんとなりし身のジャングルジムに極月の雨

はるじをん

花びらのすべて散りたる罌粟の花めきて失意の子が帰り来る

ぼた雪の夕べひとりで泣きゐる子部活仲間がまた一人去り

鮨桶のあかがねの箍《たが》やはらかなひかり放てり朝日のなかに

窓際のクロッカスの芽まだ固く子はゆつくりと独りを深む

躓きて身ほとりに星あまた散り一光年ほど歳を取りたり

とうたらり春の闌けゆく夕暮れに幼きわれは母を探せり

灯のともる窓ひとつづつふくらみて真綿のごとく春雨に浮く

わが胸の線路を走る無蓋貨車固き何かを落として行けり

アルコール工場跡地一面にはるじをん揺れ春も果つるか

白パンの笑み

宅配の八割ダッシュの青年が残して行けりミントの香り

藍ふかきあさがほつひに二階屋のひさし越したり訃報のあした

白パンの笑みすこやかに語りゐきテレビの中の河野裕子さん

さはさはと朝の夏草刈りゐたる腕《かひな》を振りて逝きてしまひぬ

カラビナください

猛暑炎暑酷暑のふた月走り抜き陸上部員赤銅に照る

朝な朝な寝ぐせ直すとマリナーズの帽子かぶりて味噌汁飲む子

スパイクのピン外したり着けたりし一人の部屋に子はしづかなり

秋空に鉄骨を組む青年のそらいろの声「カラビナください」

新刊をのぞかんとして入りたる書店は水族館のしづけさ

店番のシーラカンスの見詰めゐるパソコン画面は深海のいろ

立ち読みをする少年に背鰭ありときをり揺らすコバルトの影

消え際を決めかねてゐる冬の虹見上ぐるわれの去らずにをれば

青のエール

午後の陽のあかるい部屋に子はをらずまだ手付かずの赤本のあり

取り込みし洗濯物よりあらはるる天道虫は小春の密使

いつからか書かなくなりし子の名前　下着、靴下、運動靴に

おそらくは娘の恋の顚末を聞きゐしローファー冷えびえと照る

窺へど模糊となりたる子のこころ霜のガーゼに巻かれゐるらし

怒鳴りたる夫と怒鳴られたる息子無言のうちにおでんをつつく

自転車で出かけたるまま戻らぬ子この雨の中シャツ一枚で

犬ならばむちゃくちゃ撫でてやるものを中二男子にただ「お帰り」と

三日にあげず子らは苛立ちあばら家のわが寝間の上に霰降らしむ

幾重にもかさなるうちにさみしさも落葉も薄くやはらかくなる

積もりたる落葉が土に還るまで待つ　待つことが親心かも

うつむきて辿る林の一本道　あかき木の実に顔を上げたり

冬空を仰ぐひたひの冷ゆるとも今は浴びたし青のエールを

冬の天穹

滅びたる王家の城を封じ込め氷柱しづけし朝日のなかに

完璧に焼き締められし磁器として日本を覆ふ冬の天穹

家々の屋根に金剛光沢をもたらして今朝寒の明けたり

いつもどほり味噌汁つくり母われはつくづく無力入試のあした

やるだけはやつた娘のよれよれの「読むだけ日本史」「日本史でるとこ」

陽だまりに何を啄む鳩ならん砂とひかりのほか見当たらず

しらまゆみ春は目の前セレモニースーツ売場を娘とめぐる

濁流

大津波に呑み込まれたる田畑にしづかに映る空と白雲

水に列おにぎりに列毛布に列がまん強く立つみちのくの人

なけなしの味噌と野菜を持ち寄りて炊出しをするみちのくの人

作業場の泥をかき出し残りたる工具を磨くみちのくの人

停電の町をゆるゆる過ぎゆける吉野豆腐店のラッパはるけし

蠟燭のあかりを囲み食む苺つねより紅くつややかに見ゆ

山茶花のみちの焚火とちがふゆゑバケツの水で消せぬ原子炉

雨つぶを見つめて潤む目の奥に押し寄せてくる津波の濁流

余震なきひと日の暮れて食卓に小皿小鉢のならぶ幸ひ

コロナ

乾きたる折りたたみ傘まきながら満員電車の夫《をつと》を思ふ

みどり濃き県立陸上競技場を梅雨の晴れ間のしろきかぜ吹く

赤紙の来ぬ世の子らに次つぎとスタート告げて響くピストル

ピストルの続けて響きフライングの２コースがやや長きを戻る

はたはたとバトン受けたるアンカーの子らが駆けゆくコロナを帯びて

あきのきりんさう

「ようやっと秋やん」などと囁くやゐのころ、めひしばしづかに揺れる

全方位あかるき秋の陽のなかに白髪増えたる夫のなつかし

傾ぎても刈られてもなほ伸びたしとあきのきりんさうあきぞらを指す

植込みのつつじの上にとりどりの紅葉の散りて見本市めく

数分を停めておきたる自転車のかごにふたひら桜のもみぢ

冬支度すれば背中が思ひ出す余震にふるへし春寒の日々

ふと淋し柿もりんごも八つに割り四人して食む家族いつまで

銅《あかがね》の紙ひかうきを思はせてプラタナスの葉夕晴れに落つ

二人子のしつけ未完のままなれどコロッケ色の仔犬飼ひたし

木の橋

鳴き交はす丹頂のこゑ想ひつつクルルォークルーとグラスを磨く

初炊事、初皿洗、初洗濯、初掃除して初うとうとす

パックリと塩嘗め指の先つぽの割れて今年の冬も本番

朝よりの霙まじりの雨あがり下校の子らの密談聞こゆ

ぬばたまの黒毛和牛を奮発す高校入試目前の子に

母われは古き木の橋二人子をいかなる明日へ渡らせをるや

予定表

ひさかたの雲形定規に待機する青いはるかぜ白いはるかぜ

冷蔵庫のドアに貼りゐし数々の子らの予定表なくなり四月

サークルと授業とバイトのスケジュール子は押鮨のごとく詰め込む

「こんなことしてたら体こわすわよ」「こんくらい平気、みんなしている」

アーケード明るき土曜子の初のバイト先まで偵察にゆく

さいごまで枝をはなれぬ桜花わかば芽吹くを目守りて白し

ゆく春の夕べゆさはり漕ぐ髪に来し方の復《ま》た巡りくるごと

ケトル

漣はむかし清音なりしとかささなみささなみ夕陽を洗ふ

魔の種火また燃えはじむ冷房の強き車輌に震へゐる夜

ドイツ製ケトルのフォルム原発と縁を切りたる知性のかたち

空蟬の脚の一本いつぽんを黄金《わうごん》落暉のひかりが包む

アレッポの青空たかく澄む下に二度とひらかぬつぶら目いくつ

十八番なる南蛮漬けをたづさへて母が現る前触れなしに

母の手のひとくち大にふさはしくわたしの口も頰も大ぶり

ゆたゆたと夕暮れのみち帰りゆく母の足どり少しはかなし

七目ごはん

三ツ星の店がライバル　塩糀こつそり入れるうちのオムレツ

カンバスを数歩はなれる画家のごと明日はたちになる子を思ふ

大学の仲間が好きで大好きで日々遅くなる娘の帰宅

砂浜に足取られつつ転びつつ走りてきたり子育ての日々

子の育つ速さにわれは歳をとり逆上がりなどできなくなりぬ

ぶなしめぢ、地鶏、栗などちりばめてこつくりと炊く七目ごはん

たんぽぽかあさん

あたらしき七曜表の十三枚丸まるままに初日を待てり

すり林檎あたへ育てしみどりごははたちとなりて酔ひて帰りぬ

みどりごの、幼な子の、また乙女子の娘の寝顔さほど変はらず

幾重にも並ぶハープのかなたより光を率ゐ立春が来る

あたたかくまた肌さむく曖昧なひと日暮れたりカーディガン日和

気忙しく朝の味噌汁すする子は伏し目がちにてわれの眼を見ず

ひとりでに生まれたやうな顔をして四月の風のなかを行く子よ

てんでんに離《さか》りゆきたる子らを思ひたんぽぽかあさんぽつねんと佇つ

ポタージュのやうな暮春の空のした自転車押して坂道のぼる

ランチ仲間

わかくさの夫のネクタイ打ち揃ひ休業中なりクールビズにて

燃える石燃える水みな使ひ果たし子らは冷たき粥をすするか

長年のランチ仲間がばたばたと職場を去りて夫《をつと》は孤城

あたらしいランチ仲間は公園の鳩かもしれぬ夫《をつと》を思ふ

日照り雨

仄ひかる雲のふちより三人子を眺めてをらん逝きたる友は

枯れてなほ藍をとどむる紫陽花のそのあゐ濡らし日照り雨ふる

添うてくるあげは、あきつのいづれならん満中陰をむかふる友は

自転車をならべ行きにし美術館　思ひ出づれど友はもう亡し

きのふより今日またひと日死に近きわが生照らす真紅のカンナ

紅はるか

塗りかけのぬり絵のごとし秋晴れに白の際立つ幕張新都心

レジ横の回転ラックに愛しきやし図鑑のごときジャポニカ学習帳

明け暗れのお勝手の灯を「ぽ」と点し先づ取りかかる千六本に

換気扇まはり出す音ナイロビの空港を発つひかうきの音

少女らがときをり灯す頬あかり夕暮れ時のバス停に立ち

仕事から帰る大人と塾へ行く子供ゆきかふ宵の駅頭

冬至湯の柚子それぞれに浮き癖のありて頑固なたれかれ思ふ

元旦の空を貫くひとすぢの飛行機雲をわが破魔矢とす

きんとんに生まれ変はつた〈紅はるか〉初日を受けてうつとりと光《て》る

ウエストン

半年分のこづかひ叩《はた》き子が買ひし超マニアックなイヤホン〈ウエストン〉

宇宙服着るほど外と隔たる子　高性能のイヤホンをつけ

でむしか田螺のごとし音楽の殻にこもりて出でこぬ息子

届かざる言葉いつしか瘤となり瘤々となり疼く霜の夜

こがらしに丸裸なる唐楓いかつい瘤をいくつも掲ぐ

家族四人で遊びし日々のはるけくて夜空に探すジャングルジム座

羽根飾り

子の部屋のひんやりとした暗がりに就活用の黒き鞄あり

エントリーシートにいかに書かれしかダンスづくめの娘の三年

こんなにも冷たい色の花だつた友を亡くして見る初桜

亡き友が子らを呼ぶこゑ花となりかずかぎりなく夕空に散る

チューリップ疾うに終はりてなほ続く内弁慶な娘の就活

ベッコンと凹んだままの古タイヤ笑つて見えてわたしも笑ふ

薄絹のドレスの裡に躍動す疲労し負傷し熱《ほて》る筋肉

踊り手の退きたるフロア中央にひとひら白き羽根飾りあり

翡翠の餃子

住み古りて千葉県千葉市と書くたびに葉擦れ聞こゆる耳となりけり

「千の葉」の千葉のわか葉のあをあをと滴る中にふかく息する

いつからか立てなくなりし鯉のぼり引つぱり出して眺めて蔵《しま》ふ

韮、甘藍《かんらん》ふんだんに入れ緑濃きうちのギョーザは翡翠の餃子

わが弟子は師匠を超えてわかくさの夫が上手に餃子を包む

なでしこジャパン

天気予報の最高気温つたへつつ就活の子に水筒わたす

岩清水、澤、川澄と清らかな流れの響くなでしこジャパン

柿若葉さはさは揺るるその下に柿の葉いろの萼《うてな》さはなり

気紛れに見えゐて何かわけあらん謎うつくしく飛ぶかはひらこ

烈風に青葉揉まるるプラタナス就活生の黒のスーツも

立ち漕ぎで一気にのぼる坂道の視界を奔るカンナの緋色

夕風のかよふ広場を横切れば今日刈られたる青草にほふ

八重垣

われに似る案山子の絵てがみ送りたり単身赴任後百日《ももか》の夫に

真夜中に覚めてとなりに夫をらずまた玄関の鍵を見に行く

八重垣に籠もりて待てど赴任地の夫は戻らず八重垣古りぬ

モネ展

このところ籠もりがちなる母を連れ上野の森のモネ展に行く

ながいこと一枚の絵と向かひ合ひ母は溶け込むあしたの巴里に

モネの絵に永遠《とは》に靡かん遠き日に母がなくしし緋色のスカーフ

銀杏照る上野あかるしこの母とあとどれくらゐ来られるだらう

医院より戻りて臥せる母の辺に戦果のごとし錠剤の束

「のんびりと過ごしているの」はらからに母は電話す「病気のお蔭」

病名をすぐに忘るるたらちねを見舞へる日々にさざんくわ赤し

冷蔵庫にいつも卵があるやうにいつも実家に母がほほゑむ

秘密保護法

朝の坂ノーブレーキで下りるとき隼となるわれと自転車

収集車去りたるのちのごみ置き場を清むる人に冬の陽しろし

秘密保護法施行日の朝刊抜き取りて古新聞をきつく括りぬ

日曜の〈劇的ビフォーアフター〉に見入る息子よ入試直前

快晴の空に小さくひかうきの光りておもふ試験中の子

受験より戻りたる子のいつになく声が大きく無駄口多し

つばくろ

みなみより白雲ひとつ流れきて「ほな、そろそろ」と夢見鳥出づ

まぶしくて目をそらす間に「ひい、ふう」と紋白蝶を生む春の雲

就活で履きたる黒のパンプスを子は磨きをり入社日前夜

日経と前よりすこし小さめのおにぎりを持ち子は通勤す

軒下につばくろの巣のあるパン屋ビニール傘を逆さまに吊る

つばめの巣見たさに通ふパン屋にてたまにパン買ふ今日はベーグル

茹でてから焼くベーグルの手触りのつるりくるんと翔《かけ》るつばくろ

つばくろの翻るとき蒼穹の奥処に墜ちるわれのつまさき

九条の木蔭

まだ青き百合のつぼみに霧ながれ百合が聴き入る霧の抒情詩

ふたりからひとりになりて靴音のしづかにひびく篠懸月夜

九条の木蔭大きく涼しきに愚か者きて枝打ちを命ず

遠泳の児らには見えず潮の目のすぐ先にある戦争の渦

銃でなくギターをかつぐ若きらが語らひてゆく駿河台下

水仕事しつつ思へり「電子辞書が重い」と言ひし友の病を

回転木馬

営業の職に就きたる子の靴の磨り減り激し右の外側

「話してもわかんないよ」と言ひながら子は話し出す仕事の悩みを

何人が読みくれるのか子が書いて配つて回る〈いざわ通信〉

防災の記事に思へり夫の住む１ＤＫの小型消火器

雨の日の自転車屋さん明るくて主がひとり相撲を見をり

あたたかき十一月の陽を容れてパンパスグラスほほ、ほほと揺る

いつまでも一緒の家族などはなし回転木馬はくさはらへ散る

フィギュアヘッド

七時にはもう開いてゐるベーカリーあかつきやみに天火を点す

同時テロ起こりしパリに今日もまた回りてをらんアルヘイ棒は

ＴＯＫＹＯの十一月は寒からん募金箱持つガーナの人に

強ひられてカカオ栽培に従事する児童の多くチョコレートを知らず

チョコレート、ミルク、ワクチン、ペン、ノート恵まるる子と恵まれぬ子と

白菜を船首像《フィギュアヘッド》にして帰る日没ちかく自転車こいで

モロゾフのクッキーの缶に溜まりある家族の釦二十五年分

ショートケーキの生クリームにいいと小さき山あり谷あり今日誕生日

初市の葉野菜根菜満載のじてんしやのかご宝船めく

凍て空を凍てつくままに映す窓みがく人をり十四階に

朝の月たかきに残り一月のアイスブルーの空を統べをり

川土手

階段を五段のぼればもうホーム京成稲毛の駅にはるかぜ

幼な子がその妹をなだめつつ靴脱がせをり昼の車輌に

鉄橋をわたりつつ見る河川敷　野球チームが二、四、六、八

川土手をさんぽする人走る人みな天命のごとき影ひく

ＩＳの射程に遠きＴＯＫＹＯの電車に揺られ深く眠れり

茜色失せゆく空のあの先は夫がはたらく愛知の晩霞

単身赴任長くてナガミヒナゲシが咲いてしまふよあなたの庭に

胴吹きわかば

自販機に〈天然水〉を補充して回る青年汗を拭へり

聞きたさう話したさうにそよぎをり銀杏大樹の胴吹きわかば

〈鼠尾馬尾鼠尾《そびばびそび》〉のさいごの鼠尾をながく注ぎ新茶のしづく光るを見つむ

鶴の嘴ほそく折りつついくつもの言葉呑みけんバラク・オバマ氏

夏空をダブルダッチで掻き回す十八歳が投票に行く

夏雲のシックスパック盛り上がり「ビーチに来い」と白歯を見せる

左手で鍔広帽子おさへつつ右手でにぎる銀のハンドル

〈ふなっしー〉の着ぐるみを脱ぎたそがれの雑踏のなか帰りゆく人

ひだり用みぎ用のある登山用靴下を履き子は夏山へ

いちにちに何回も見る天気予報子が山にゐるここ三、四日

登山靴の鈍き足音ちかづきてゴッと止まりぬわが家の前で

ブランコの鎖灼けつく昼下がり無風の空をゆく銀蜻蜓

土曜日をひねもす響くドリル音台風ふたつ洋上にありて

湿りたる小鳥の餌の匂ひして雨台風の雨が降り出す

フレスコ

夫《をつと》から長きメールの来ずなりぬ単身赴任やうやく終はり

独酌の日々のなごりの深酒が夫を眠らすテレビの前で

天穹にほとばしりたるヘラの乳ながるるままに銀河となれり

完熟の手ざはりに剝くラ・フランスうすらうすらとナイフ滑らせ

戦乱と無縁に生まれ国を出でず果汁ゆたかな洋梨を食む

あをぞらを横切るあれは何の鳥あきのひかりを粉々にして

経緯《いきさつ》をつまびらかには知らねども娘の恋のかげりに気づく

悲しみを生乾き《ソレスコ》のまま伏せ置きて磨くガラスに秋の陽あはし

せいたかあわだちさう

約束のわけも約束したことも忘れて午後のお茶をのむ母

夕日よりやさしい顔の四時ごろの日に甘えたし姉なきわれは

弟ひとり義理の妹ふたりゐておのおの重き荷物を抱ふ

川風に靡くせいたかあわだちさう丈の高きは大きく撓ふ

老い母にをりをり嘘をつける日々「いいよいいよ」と穂すすき揺れる

ハンカチ落ちる

「のっぺには茸、里芋、」次つぎと書き出す母の張りのある声

どうしたら母の笑顔を増やせるか　のんどりとろり冬茹《どんこ》をもどす

「グッジョブ」としやぶる手羽先甘辛煮味見のはずが二本完食

ローソンのあかり冷たし病院を嫌がる母と喧嘩せし夜

をりがみのとんがりあたまのお相撲さん組み合ふ前にひとりで倒る

認知症など他人事と思ひゐし母のうしろにハンカチ落ちる

えんぺら

冬晴れの朝の陽射しをチャージして八つ手の花は発電はじむ

瑠璃紺のネイルアートの星ひかる手より受け取る宅配の箱

塩するめ炙れば足がえんぺらがくるんと巻いて「抱いて」と言へり

省エネか「おけ」「いや」「まあ」と十九の息子の返信いつも短し

この子には、否、どの子にもさせたくなし征きて還らぬ朝の敬礼

今日も皆外出中のお隣のミニチュアダックス全く吠えず

椅子の背に掛けたるままのカーディガンわれより椅子によく似合ひをり

熱の身に弥生の水のここちよく「イヤーヨイヨイ、ヨイ」と米磨ぐ

藤いろの薄墨いろの鴇いろの雲のながれて夕闇来たり

翁飴

三月の空気のほかに何もなし今日様《こんにちさま》とわたしのあひだ

春のあさ横断歩道の白い部分踏んで踏んで行く〈サンジェルマン〉へ

春のまちを走る電報配達車かもめの色の小さなくるま

花冷えの朝の校門急ぎ過ぐ折り目の強きプリーツスカート

こころない言葉で母を悲しませ帰る細道にはかに翳る

ひさかたのあまつびあまつぶ落ちてきて「泣きたいときはお泣き」と言へり

攫はるる恐怖のありき「こうもり」と母が呼びゐし傘をさすたび

ふるさとの春のひかりを固めたる上越高田の菓子〈翁飴〉

〈翁飴〉あはあはと照る思ひ出にあゆみ来たれば雨のやみたり

さくらちりちる

テーブルに並べたメモをまた眺め母は記憶のほつれを牓《かが》る

八重桜噴煙せまるやうに咲きけさのニュースが思ひ出せない

鱗粉の取れたる蝶をさらふ風　林の奥の泉をめざす

脳トレのドリルどれもが手付かずでしまはれてをり母の抽斗

バス停でスマホを繰れば指までも伸び縮みする春の日の辻

しばらくはみんな忘れて雲見たし父のやまひも母のやまひも

山盛りのごはんのやうな白い雲くづれて聞こゆちちははの声

夕風にさくらちりちる道を来て根雪のごとき疲れゆるみぬ

白几帳面

ふるゆきの白《しら》几《き》帳《ちやう》面《めん》たりし父患ひてなほ几帳面なり

白黒をしかとつけたき父なれど画像の患部おぼろにしろし

萎縮せし海馬に鞭を打つ父か医師の言葉を無言で聴けり

高齢の父に少なき選択肢　消去法にて治療あきらむ

木漏れ日のゆらめく道を戻り来つ父の治療の可否揺るるまま

ときほぐす卵のなかに揺れてをり泣き出しさうな小さな笑顔

あらしまかぜ

茹でたての竜髭菜《アスパラガス》が暴れ出す前に「あちち」と味見をしたり

カーディガンたらんと腰に巻きつけて青葉の下を魚のごと行く

反抗期とうの昔に過ぎし子の苛立つあしたアイリス青し

ゆきあたりばつたりなりし子が長じ〈プラン〉を作り他人様に売る

楠の葉があらしまかぜにさやぐ中踏ん張つてゐる娘の名刺

パンプスをまた履き潰し日曜をねむりにねむる子の幼な顔

子の愚痴に相槌うてり（甘いかな）田楽味噌の味見をしつつ

ひやむぎ

階段に動かぬかなぶん数へつつ朝あさ通ふ五階の実家

死んだふり生きてゐるふり上手なり超合金をまとふかなぶん

引越しを拒む老い母鎮座せりエレベーター無き五階の家に

クーラーを使はぬ母のだいどこで枝豆ゆでる唐黍ゆでる

東芝の大き扇風機おはなしを聞かせるやうに首を振りをり

ひやむぎの白き流れにうすべにの織女みどりの牽牛ありき

円かなる母のいびきよふるさとの直江津の波寄するごとしも

滝

浮雲の映るみづうみ鎮もりて滝の落ち口どこにも見えず

平らかな湖面にうかぶいちまいの木の葉音なく流れてゆけり

振りかへり踏みとどまるは不可能か滝へ滝へとあつまる流れ

「いけないよ」「やめとこうよ」と声あぐる細き支流を本流が呑む

大挙して落下する滝そのなかに不承不承の流れどれほど

多数派のおごりの水が滝となり引き起こしたる国難ありき

滝壺へ落ち込む水のうらがはに滝を見つむる暗き洞あり

あすの献立

胡麻を擂る手元あかるき夏夕べ生れては崩ゆるわが蟻地獄

たくひれの白き錠剤ひいふうみい　よかれといのり母に飲ませる

団子虫みたいに固く丸まつてなんにもしない半日が欲し

ながぐつをはいた猫にはほど遠き裏の雉とら清き眼をもつ

玄関でとまどふ母に靴をはかす「今日はジョナサン、検査じゃないよ」

揖保乃糸さつと茹で上げ冷水に泣きたいわれを洗ひ流せり

手帳から烏揚羽を発たしめて今日をなかつたことにする夜

居候ならぬ主婦われ堂々と御代りします夫婦茶碗（小）で

羸老《るいらう》はのがれ得ぬもの然りながらさりさりと食むはつものの梨

ひなくもり碓氷の坂をさまよふか母の記憶を結ふかはひらこ

ななつぼし手開きにしてふんはりとパン粉をまぶし油に放つ

いつの日もおいしいものを食べさせたくて食べたくて考へてゐるあすの献立

湯葉

ミサイルの射程圏内よく晴れて幸水うまし豊水うまし

ミサイルの射程の内をさんぽして豆大福と花の種買ふ

十月の女子高生は手風琴あさの歩道をひろがつて来る

大好きなネイビーブルーが「海軍の青」と知りし日風強かりき

どことなくアトス、ポルトス、アラミスのごとき三人バスに乗り込む

軽トラの運転席に着せてあり「愚息」と大書されたTシャツ

ＡＩに教へてもらふまでもなし「対話か圧力」「差別か融和」

頤《おとがひ》のほそきチェリスト目を閉ぢてマントル対流聴くごとく弾く

掬ひたる湯葉は皺みて茫洋と地球をおほふ核抑止力

こたつ

吊り革をからくも確保したるのち車窓に眺む川のきらめき

大型の Loft の袋を舳先とし東京駅の地下街をゆく

君が待つ改札口に行かなくちやコンコースにはバイソンの群れ

肉まんやあんまんの住むマンションが灯りてぬくしコンビニのレジ

折り紙のサンタクロース貼られある保育園の窓灯る九時過ぎ

「人間には任せておけん」寄せ鍋の中で国連安保理つづく

葉牡丹の葉のみつみつと巻く奥のちさきこたつでくつろぐ家族

ザギトワをメドベージェワを観せくれしOARといふ抜け道《エスケープ》

食卓の小皿小鉢を動かして生酔ひの夫カーリングを説く

ピョンチャンに聖火燃えゐる半月間戦火消えざるシリアの市街

寄り添ひて難民キャンプに眠る子らいつから難民いつまで難民

てのひらに縮緬皺のできるまで長湯してをり五輪終はりて

春のあけぼの

この春もまたうぐひすの鳴く社宅〈メゾンはつね〉と名付けて愛す

（ああ、これは夢か）と気付き（それなら）とブータンへ飛ぶ春のあけぼの

はるさめが潤す土に着地してもう落ちなくていい落椿

あのすこし光るくぼみに友がゐる　春の夕べの舟形の雲

三人子と二親のこし逝きし友ゆべしが好きで世話好きなりき

エキナカの物産展のにぎはひに胡麻ゆべし買ふ亡き友おもひ

しろつめくさ

三十年ありしアパートたたまれてしろつめくさの天地となりぬ

噓から生まれたやうなしじみ蝶しろつめくさの茂みに紛る

しろつめくさのそよぐなかなる幾千の翅もつ虫と翅もたぬ虫

耿々と月の押し照る草はらにしろつめくさのコーラス聞こゆ

あをくものしろつめくさを踏みつけて不動産屋の革靴ひかる

一面のしろつめくさに砂利敷かれだれも使はぬ駐車場となる

韓藍の空

姿勢よく朝日を拝む葱坊主おほき坊主もちさき坊主も

立て札の赤いペンキは陽に褪せて「○○に注意!」の○○判らず

梅雨寒のあめに打たれてあぢさゐのむらさきくすみ泣女めく

窓付きの封筒のまど手作業でこしらへられし頃の窓の灯

不本意な職務を課されゐしことを夫は明かせり解かれしのちに

セメントを流したやうな梅雨空を見上げておもふ韓藍《からあゐ》の空

太陽光

あさがほの萼ゆつくりひらき切り天空のオルゴール鳴り止む

蓼科へ向かふ車中でくりかへし耳抜き徐々に上手になれり

生垣を飛び出すやうにのせてありアンパンマンの赤いサンダル

太陽光一五〇、〇〇〇、〇〇〇キロを来て切りたての氷を解かす

連日の猛暑酷暑に慣らされて人間は我慢する葦である

ヒマラヤは「雪の家」の意　猛暑日の電子辞書から冷気が流る

台風の近づくあしたサンダルで父は日課の散歩に行けり

日焼けせし父の手足のくきやかな半袖の跡サンダルの跡

いつか来る父の最期をおそれをりカレーの残り温めながら

ダイオウイカ

どんぐりの生りたるくぬぎ象れる漢字の「楽」にかよふ秋風

秋晴れの石段のねこ過去をみる金眼未来をみる銀眼閉づ

フィルターを換へたり溝を浚つたり専業主婦は千業の主婦

そのうちにしようしようと思ふこと大方はできず過ぎるそのうち

「そのうち」はそのうち過ぎてしまふから「いついつまでにすべし」とすべし

家中を探してきのふ見つかりし母のがまぐち再び消えぬ

夕鴉きこゆる部屋に母とふたり財布さがせり無言のうちに

悲しみがダイオウイカとなり泳ぐかつての母にもう会へなくて

胡麻

鉄鍋でざざらざざらと煎る胡麻を見つむるわれもざざらと回る

どれほどの手間ひまかけて作りしか胡麻つぶを生む手間のつぶつぶ

腕いっぽんで渦状銀河を創造す大鍋の胡麻ゆすりつづけて

幾億の円をゑがきてめぐる星そのはじまりと終はり遥けし

弱火にて胡麻を煎ること二十分修行のごとくこころ鎮まる

大鍋の熱砂地獄を逃れたる胡麻が落ちゆく擂鉢地獄

胡麻を擂る濁音じよじよにととのひて白き砂漠の城門が開く

煎りに煎られ擂りに擂られて天空の星屑となる胡麻の一生

ねっとりと油の滲み出るまでに擂りたる胡麻は金丹に似る

家中に胡麻の香りの満ちる夜　皆早う早う帰り来たれよ

雲のすごろく

タガログ語らしき大声飛び交ひて屋根葺き工事つづく歳晩

木枯らしが攫ひゆきたるタガログ語とほくマニラの家族に届く

わたし今どのあたりかな初空につらなり浮ける雲のすごろく

生き急ぐつもりなけれど気が付けば全速力で歯を磨きをり

よろこんで休みますともサイコロで「1、2」と進み「やすみ」とあれば

双六のあがりは来世だれもみないつかかならず上がれる来世

読書用めがね外せばたつた今読みたる全てうしなふごとし

この次はもつ鍋、土手鍋、みぞれ鍋　考へながら土鍋を洗ふ

「わたし黒?」「そうよおかあさん」「なら四三」「五目並べじゃなくってオセロ」

母とする春のオセロの盤上にのこる枡目の減りゆく夕べ

あとがき

本集は私の第一歌集です。コスモス短歌会に入会した二〇〇五年の初夏から二〇一九年の春までの短歌四四八首をほぼ編年順に収めました。四十四歳から五十八歳までの作品です。

入会当時、中学一年生と小学三年生だった二人の子供は社会人になり、両親は少しずつ老い、夫も私もそれなりに変わりました。ごく平凡なふつうの家族にも様々なことが起こり、心配したり、喜んだり、怒ったり、悲しんだりしながら暮らしてきました。肝っ玉母さんに程遠い私は、おたおたすることが多く、どうにかこうにか今日までできたという感じですが、そんな歳月を振り返ると、短歌に支えられた日々であったという思いが溢れてきます。短歌を詠むこと、すなわち、その時々の自分の心を歌に写し取ることにより、前へ進む気持ちを持ち直してこられたように思うのです。

選歌は小島ゆかり先生にお願いいたしました。大変お忙しい中、快くお引き受け下さいました。貴重なご教示やあたたかい励ましのお言葉をたくさん頂き、その上、帯文まで頂戴いたしました。心から感謝しております。先生の短歌に感銘を受け、コスモス入会を決心し、折にふれて励みとさせて頂いてきた私にとって、これほど幸せなことはありません。

コスモスという素晴らしい結社で学び、こうして歌集をまとめる日を迎えられたのは、高野公彦先生をはじめ、選者の皆様、東京歌会の皆様、千葉支部の皆様、灯船の会の皆様、そしてコスモス誌上でいつも新しい感動を与えて下さる会員の皆様のお蔭です。ここに深く感謝申し上げます。

出版にあたり柊書房の影山一男様に大変お世話になりました。厚く御礼申し上げます。なお、本集では旧仮名表記を用いていますが、カタカナとカッコ内のみ新仮名表記を用いています。

令和元年　清夏

伊沢　玲

コスモス叢書第一一六五篇
歌　集　雲のすごろく
二〇一九年一〇月六日発行
著　者　伊沢　玲
〒二六三－〇〇三一
千葉県千葉市稲毛区稲毛東六－一六－八－四〇八
定　価　二三〇〇円（税別）
発行者　影山一男
発行所　柊書房
〒一〇一－〇〇五一
東京都千代田区神田神保町一－四二－一二　村上ビル
電話　〇三－三二九一－六五四八
印刷所　日本ハイコム㈱
製本所　㈱ブロケード

ISBN978-4-89975-400-8